Meiner Mutter größtes Ziel

Sophie Maj

ist nicht nur eine einfühlsame Erzählerin, sondern vor allem eine aufmerksame Zuhörerin und außerdem eine Geschichtensammlerin.

Mit viel Liebe zum Detail erzählt sie Geschichten aus dem Alltagsleben von Frauen nach.

Die Ich-Erzählerin ihrer Erzählreihe Kalenderblätter namens Andrea Mandelbaum lebt in Berlin als alleinerziehende Mutter ihrer Tochter Cora Mandelbaum und arbeitet als Gesangslehrerin, Musiktherapeutin und Atem-, Stimm- & Sprechlehrerin.

Zu den Kalenderblättern gehören immer wieder auch einige Erlebnisse von Andreas Freundinnen, darunter Marie Sonntag, Paula Sommer, Lea Ellernbrok und Sophie Maj selbst.

Kennengelernt haben sich diese fünf Frauen bei Extinction Rebellion (Aufstand gegen das Aussterben), genau gesagt bei der Rebellion Wave in Berlin im Oktober 2019. Obwohl ihre Lebenssituationen sehr unterschiedlich sind und sie aus ganz verschiedenen Regionen in Deutschland kommen, gibt es genug Gemeinsamkeiten für diese fünf Frauen, so dass sich Freundschaften entwickeln.

Ein Hörbuch zu diesen beiden Erzählungen ist in Arbeit. Ebenso ein begleitender Blog und Podcast zur Erzählreihe Kalenderblätter, in denen die Autorin immer mal wieder einzelne Kalenderblätter aus ihrer Geschichtensammlung vorstellt. Auch die Veröffentlichung der gesamten Reihe **Kalenderblätter** ist auf dem Weg. Blog & Podcast sind zu finden unter: **Lila, der letzte Versuch** - dem Blog & Podcast der Autorinnen der Spellhouse-Textwerksatt. (s. Impressum)

Das Augenmerk der Autorin liegt auf den zwischenmenschlichen Beziehungen ihrer Figuren, sowie auf Frauen-Solidarität und den Lebenswelten von Frauen. Ebenso sind Resilienz und Mutterschaft und die Beziehungen von Müttern und Töchtern ein häufiger Gegenstand ihrer Betrachtung.

Sophie Maj

Meiner Mutter größtes Ziel

Eine Erzählung von Resilienz,
Solidarität & Frauenleben und der Möglichkeit,
das Drehbuch des Lebens umzuschreiben

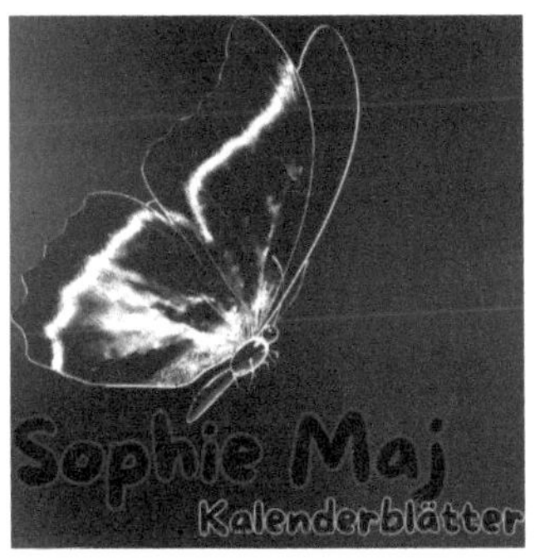

Meiner Mutter größtes Ziel ist ein Kapitel aus dem dritten Band - Tyrannosaurus Rex - der Erzählreihe **Kalenderblätter** von Sophie Maj.

Die Ich-Erzählerin dieser Erzählreihe ist die Berlinerin Andrea Mandelbaum. Erzählt werden ihre Alltagserlebnisse und Erinnerungen und die ihrer Freundinnen: Marie, Sophie, Leah, Paula und andere. In der Erzählung Meiner Mutter größtes Ziel kommen ihre Freundinnen allerdings nicht vor; aber ihre Tochter Cora, ihre Mutter und ihre beiden Großmütter sind wichtige Figuren dieser kurzen Erzählung.

Novemberfenster ist ein Kapitel aus dem vierten Band - Mondgeschwister - der Erzählreihe **Kalenderblätter**.

Impressum:
© 2024 Sophie Maj
Spellhouse Textwerkstatt

Herstellung und Verlag:
BoD – Books on Demand, Norderstedt

ISBN: 978-37-5976-004-3

Meiner Mutter größtes Ziel

Als meine Großmutter starb, senkte sich einem Leichentuch gleich ein Schleier des Totschweigens über vieles – aber nicht über alles. Hin und wieder – und jedes Jahr im Dezember – weht der Wind des Gedächtnisses durch das innere Archiv verstaubter Erinnerungen und unausgesprochener Gedanken, verschluckter Gefühle und vernebelter Empfindungen.

Die Mutter meiner Mutter hätte heute ihren 88. Geburtstag. Es ist der fünfte Geburtstag, den sie nicht mehr erlebt. Am 18. Dezember – so kurz vor Weihnachten, in der sentimentalsten Zeit des Jahres – alle Jahre wieder. Besonders an solchen Tagen bläst eine steife Brise der Erinnerung gegen das Verdrängen an, hebt die zahllosen Schleier des Vergessens, die Jahr für Jahr schwerer und undurchdringlicher werden, und lüftet Geheimnisse, die allgegenwärtig spürbar, aber selten greifbar und nie gänzlich durchschaubar sind. An solchen Tagen fallen mir Begebenheiten ein, die gewöhnlich, bedeutsam oder merkwürdig waren – bunt gemischt mitten im gegenwärtigen Alltag zwischen schmutzigem Geschirr und dem aufgeschlagenen Terminkalender und dem lustigen Plappern meiner Tochter, die fast 18 Monate alt ist. Meine Augen betrachten zugleich zwei Welten, die innere und die äußere. Die Bilder mischen sich. So begegnen sich Vergangenheit und Gegenwart wie Geschwister, die sich gut kennen, aber getrennt voneinander leben und sich von Zeit zu Zeit treffen.

Eine solche Erinnerung, die hin und wieder in mir

aufflackert, ist die an die Beerdigung der Stiefmutter der Nachbarin meiner Eltern. Auch das war ein Tag im Dezember. Ich war damals als Studentin zu Besuch bei meinen Eltern noch vor den Weihnachtsferien wegen des 80. Geburtstags meiner Großmutter heute vor acht Jahren. Meine jüngere Schwester war nicht gekommen, weil sie sich in jenem Jahr den emotionalen Belastungen, die eine Begegnung mit unserer Familie immer mit sich brachte und noch immer mit sich bringt, nicht aussetzen wollte. Heutzutage ist es umgekehrt. Ich vermeide die direkte Konfrontation so gut es geht, meine Schwester arrangiert sich so gut es geht. Und es geht gut. Beides.

„Oma Sephi" (Oma Josepha) war für die Nachbarsfamilie „eine ganz liebe Omi und eine sehr gute Mutter" gewesen; eine liebevolle Stiefmutter, die von keiner leiblichen Mutter hätte übertroffen werden können. Darüber sind sich alle einig: der Kreis der Freundinnen, zu dem meine Mutter und ihre Nachbarin gehören, ebenso wie alle Angehörigen der Verstorbenen. Auf dem Weg von der Kapelle zum Grab bricht meine Mutter in Tränen aus und schluchzt heftig weinend: „Meine war heute wieder so böse zu mir!" Ihre Erwiderung auf die einstimmige Schilderung der Verstorbenen als gute, liebevolle Mutter. Der Kreis der Freundinnen schließt sich betroffen um meine Mutter und versucht zu besänftigen, zu beruhigen, zu trösten. Einige besonders nahestehende Freundinnen nehmen Körperkontakt mit meiner Mutter auf. Sie beruhigt sich wieder, reißt sich zusammen, wischt sich die Tränen aus dem geröteten Gesicht.

Alle, die meine Mutter kennen, wissen, dass sie im Umgang mit dem Tod mit starken Gefühlen zu kämpfen hat, und so ist niemand ernsthaft verwundert, dass sie so eine heftige Reaktion auf den Tod einer Frau zeigt, die ihr persönlich nicht besonders nahe stand.

Meine Großmutter war eine sehr verbitterte Frau; manipulierend, verletzend und sogar intrigant konnte sie sein. Sie war aber auch eine liebe Omi, die großzügige Geschenke machte. Meine Schwester und ich waren in unserer frühen Kindheit oft bei unseren Großeltern zum Übernachten. Jedesmal ein wahres Fest! Man durfte länger fernsehen und mehr naschen als zuhause. Zusammen mit unseren drei Cousinen haben wir wunderbare Zeiten mit unseren Großeltern erlebt. Es gibt Fotos von Ausflügen mit Picknick, auf denen wir alle zueinander passende Strohhüte tragen. Zur Taufe meiner jüngsten Cousine waren wir vier älteren Cousinen in die gleichen Röcke gekleidet – „ein Herz und eine Seele".

Ich erinnere mich gerne an diese Zeit. Erst wenn ich in der Zeitlinie meiner Erinnerung immer weiter Richtung Gegenwart vorrücke, erkenne ich eine immer offensichtlicher werdende Ambivalenz. Bei allen Familienfesten, an denen die Erwachsenen nach dem Kuchenessen am Tisch sitzen blieben und sich unterhielten und meine Schwester und ich mit unseren drei Cousinen die tollsten Abenteuergeschichten in Szene setzten, gab es irgendwann eine Phase, in der wir Kinder nur ungern in den Raum zurückkehrten, in dem die Erwachsenen inzwischen mit mies gelaunten

Gesichtern und nörgelnden Stimmen in unangenehme Gespräche verwickelt waren. Immer eine von uns, die aus irgendeinem Grund eben doch ins Zimmer der Erwachsenen zurückgekehrt war, informierte die anderen mit den Worten: „Oma weint wieder!" Manchmal hieß es auch: „Sie erzählt wieder vom Krieg!" Besonders mein Vater war immer sehr genervt von meiner Großmutter, die es verstand, Schuldgefühle zu erzeugen. Er zahlte ihr das Gezeter mit überaus verletzender Geringschätzung heim.

Eigentlich hat meine Mutter meine Oma so behandelt, wie ich meine Mutter heute. Ich glaube aber, dass sie, wenn sie diesen Gedanken von mir hören könnte, heftig widersprechen würde. Und ich bin außerdem sicher, dass auch meine Großmutter beteuert hat, dass sie ihre Mutter als erwachsene Tochter besser behandelt hat, als meine Mutter sie. Wird sich das jetzt Generation für Generation fortsetzen? Wird jede Frau unserer Familie ihre tiefen Lebenswunden nicht heilen können, sondern sie an ihre Töchter weitergeben, indem sie ihnen Vorhaltungen macht, Schuldgefühle erzeugt, ihren Töchtern mit hoher Erwartungshaltung begegnet, so dass die Töchter versagen müssen und zusammenbrechen unter der Last, verletzt werden von der uralten Wundheit, gequält von den Schmerzen, die so groß sind, dass sie über den Radius einer einzelnen Person hinausgehen und anderen weh tun – denen am meisten, die ganz nahe stehen? Verläuft mein Leben parallel und gewissermaßen genauso wie das meiner Mutter und ihrer Mutter? Oder gibt es neben einigen Gemeinsamkeiten entscheidende Unterschiede?

Meine Mutter hatte, als sie in meinem Alter war, im Alltag deutlich mehr direkten Kontakt zu ihrer Mutter als ich heute zu ihr. Damals hatte sie eine Tochter, die so alt war wie meine Tochter jetzt – und diese Tochter war ich. Meine jüngere Schwester wurde etwa ein Jahr später geboren – etwa zehn Wochen bevor die Mutter meines Vaters auf tragische Weise starb. Als meine Mutter 32 Jahre alt war, hatte sie also eine Mutter und eine Schwiegermutter – genau wie ich. Allerdings wohnten beide viel näher, so dass im damaligen Alltag meiner Mutter meine beiden Omas präsenter waren als die Omas meiner Tochter heute für uns. Dieses Mehr an Präsenz war sicherlich auch ein Mehr an Ambivalenz – manchmal hilfreich in pragmatischen Dingen wie Kinderbetreuung und Haushaltsarbeiten, oft verletzend und deshalb immer schwierig auf der emotionalen Beziehungsebene.

Als Tochter meiner Mutter habe ich im Laufe der Jahre den Eindruck gewonnen, dass meine Mutter davon ausging, dass sie ihre Mutter nicht um Rat fragen kann, wenn es um wirklich wichtige Dinge geht, die ihr Leben bestimmen. Sie mag sie hin und wieder um Hilfe gebeten haben, wenn es zum Beispiel um Babysitting und eventuell auch um andere Dinge ging. Aber sie hat sie nicht wirklich als Gesprächspartnerin ernst genommen. Meine Großmutter wurde auf ihre Rolle als Oma reduziert. Sie wurde von allen so genannt und mit „Oma" angesprochen, auch von meiner Mutter, meinem Vater und meinem Großvater, den sie selbst wie alle anderen „Opa" nannte.

Meine Mutter hat sich unlängst einmal verhört, als

ich sie mit „Mama" angesprochen habe, und „Oma" verstanden. Sogleich wies sie mich darauf hin, dass sie für mich nicht „die Oma" ist, sondern nur für meine Tochter. Sie will also von mir, ihrer Tochter, nicht so behandelt werden, wie ihre Mutter von ihr behandelt wurde. Sie leidet, weil ich sie nicht wirklich in mein Leben einbeziehe. Ich weiß das. Und ich weiß, dass sich das mindestens zum zweiten Mal so ereignet, weil sie es mit ihrer Mutter ebenso gemacht hat. Es gab zwar mehr Quantität an Kontakt, aber nicht mehr Qualität – kein Mehr an Nähe, sondern ein Mehr an zeitlich-räumlicher Begegnung.

Ich war oft dabei, wenn sie meinen Großeltern erzählt hat, mit welchen Stressfaktoren und Problemen sie sich in ihrem Alltag herumschlagen muss. Sie hat es ihnen beschrieben, als wollte sie ihnen einen Eindruck davon vermitteln, dass sie im Gegensatz zu ihnen, die ein ruhiges, beschauliches Rentnerleben führten, in der wirklichen Welt mit echten Problemen zu tun hat und jeden Tag ihre Frau stehen muss.

Das ist eine Gemeinsamkeit aller drei Frauen: Meine Großmutter und meine Mutter waren berufstätige Mütter, wie ich es heute bin. Aber um Rat gefragt, sich wirklich etwas von der Seele gesprochen, wirklich Trost gesucht hat meine Mutter nicht bei ihrer Mutter; sondern sie hat ganz deutlich den Eindruck vermittelt, dass meine Oma sich gar nicht vorstellen kann, mit was für Schwierigkeiten meine Mutter es zu tun hat, weil meine Großmutter in einer ganz anderen Welt lebt als meine Mutter. Ich glaube, meine Eltern hielten meine Oma für naiv, auch im Sinne von schlicht.

Und im Alltag meiner Eltern war das Verhalten meiner Großmutter häufig einer der Stressfaktoren, die das Leben schwer machen, wenn sie gehäuft auftreten.

Meine Großmutter hatte eine strenge Erwartungshaltung an meine Mutter und später auch an ihre Enkelinnen – an uns. Sie war immer wieder großzügig und spendabel, aber sie erwartete dafür Zuneigung in der von ihr gewünschten Quantität. Meine Mutter hatte überdies gewisse Ansprüche an die Qualität: es war zum Beispiel ungeschriebenes Gesetz bei uns im Hause, dass meine Schwester und ich alle Geschenke an erwachsene Bezugspersonen selbst herstellen mussten. Etwas Gekauftes galt als lieblos. Meine Mutter hat den Ton meiner Großmutter definitiv übernommen. Als meine Mutter vor acht Jahren die Feier zum 60. Geburtstag meines Vaters plante, teilte sie mir und meiner Schwester mit, es sei ihr „Wunschbefehl“, dass wir dort anwesend sind.

Das ist es, worin sich meine Mutter und meine Großmutter gleichen: beide haben absolut nachvollziehbare Bedürfnisse in Bezug auf die Beziehung zu ihren Kindern. Sie wünschen sich Nähe, Verbundenheit, Zugehörigkeit, Geborgenheit in der Familie, Zusammenhalt, Zuneigung, Akzeptanz, Anerkennung und Liebe. Aber sie äußern keine Bedürfnisse, Wünsche, Gefühle und Empfindungen, sondern Anordnungen, fast schon Vorschriften, machen Vorhaltungen, die ein „Dein Wunsch ist mir Befehl!“ implizieren. Bleibt dieser bereitwillige Gehorsam aus, folgt eine Tirade aus Geringschätzungen,

Verletzungen, Abwertungen, Angriffen, Beleidigungen, Vorhaltungen und sehr effektiv suggerierten Schuldgefühlen. Diese Erniedrigungen gehen außerordentlich an die Substanz. Und das ist das, was meine Mutter und mich verbindet: Wir beide waren immer und immer wieder den Vernichtungsschlägen unserer Mütter ausgeliefert, die uns den Boden unter den Füßen wegzogen, unser Selbstwertgefühl untergruben und uns aus der inneren Zentriertheit rissen. Das, was ich über das Verhältnis meiner Großmutter zu ihrer Mutter weiß, lässt mich ahnen, dass es ihr nicht anders ergangen war.

Wird sich das auch in der Beziehung zwischen mir und meiner Tochter fortsetzen? Werden auch wir beide leiden und uns immer wieder gegenseitig verletzen, bis keine mehr weiß, wer wen zuerst verletzt hat und ab wann es sich nur noch um ständige Erwiderungen und Gegenschläge handelte? Und wird sie eines Tages wie ich heute klagen, dass sie ganz am Anfang unserer Mutter-Kind-Beziehung das unschuldige Kind war, das Bedürfnisse und Gefühle geäußert, aber nicht verletzt und angegriffen hat – am Anfang gar nicht sprechen konnte? Und werde ich sie so maßregeln, dass sie irgendwann glaubt, dass ich denke, ihre Stärken und Talente seien unnütz, fehl am Platze, ihre Ansichten zu extrem, ihr Lebensentwurf unrealistisch, utopisch und ihre Verhaltensweisen meistens unangebracht? Und das, obwohl ich jetzt voller Idealismus stecke und vorhabe, meiner Tochter ein gesundes Selbstwertgefühl und Urvertrauen und die Erfahrung von Liebe und Wohlbefinden zu ermöglichen? War das auch das Ziel meiner Mutter für mich und für ihre Beziehung zu mir?

Ich bin nicht sicher, ob sie auch so viel nachgedacht und reflektiert hat wie ich, ob sie sich auch so vieles bewusst gemacht hat. Aber ich bin sicher, dass sowohl meine Großmutter als auch meine Mutter nur das Beste für ihre Kinder wollten. Hatten sie einfach weniger Möglichkeiten als ich, ihre idealistischen Ziele von einem diffusen „nur das Beste" zu einem konkreten, authentischen und individuell an die Persönlichkeit und ihre Lebenssituation angepassten Lebensentwurf für sich und ihre Kinder werden zu lassen und diesen dann auch bewusst und aktiv umzusetzen?

Habe ich überhaupt mehr Möglichkeiten, nur weil ich gebildeter bin, weil mir im Studium und in zusätzlichen Ausbildungen Lektionen in Sozialkompetenz und Persönlichkeitsbildung zuteil wurden, die meiner Mutter und ihrer Mutter nie zur Verfügung standen? Oder ist das alles Illusion, dass ich heutzutage aufgrund der gesamtgesellschaftlichen sozialen und politischen Situation und aufgrund meiner individuellen durchaus privilegierten Situation augenscheinlich Möglichkeiten habe, die keiner meiner Ahninnen je zur Verfügung standen?

Ich bin Akademikerin und hatte an der Universität die Möglichkeit, auf hohem Niveau über Probleme zwischenmenschlicher Beziehungen und innerpsychischer und psychosozialer Konflikte zu reflektieren. Ich hatte schon im Alter von 15 Jahren gewisse Möglichkeiten, meine eigene Geschichte „aufzuarbeiten", mich mit Persönlichkeitsbildung und Selbstentfaltung zu befassen. Ich musste zwar dafür kämpfen, aber ich hatte die Möglichkeit, einen in den Augen meiner Familie unkonventionellen Weg einzuschlagen – anders als meine Mutter und ihre Mutter vor ihr, die mit 15 Jahren eine Lehre beginnen und ihre Rolle entsprechend der patriarchalen Rollenzuschreibungen an Frauen spielen mussten; bis das Spielen dieser Rolle von niemandem mehr gebraucht und verlangt und noch weniger geschätzt wurde.

Ist das, was mein Leben und mich – meine Persönlichkeit, meinen Charakter, meinen Lebensstil – vom Leben und der Lebensart, Denk- und Verhaltensweisen meiner Mutter und meiner Großmutter unterscheidet, wirklich ein komplett neues „Programm" oder einfach nur eine andere „Farbe" im ansonsten völlig gleich gemusterten „Stoff"; so als webte und „lebte" meine Mutter ein grünes Baumwollkaro und ihre Mutter hätte ein blaues „gelebt", ich lebe jetzt ein gelbes und meine Tochter dann später ein orangenes, ihre Tochter womöglich ein rotes, auf das vielleicht ein violettes und dann wieder ein blaues oder ein türkises folgen? Bunte Farben, verschiedene Lebensstile, aber doch immer dasselbe Karo, das deshalb auch immer dieselben Ambivalenzen aufweist und auf ähnliche Weise wehtut; weil es das Grundmuster ist, das verletzt, nicht die individuelle charakteristische Farbe.

Wiederholt sich alles immer und immer wieder? Hat keine von uns die Möglichkeit, selbst Regie zu führen oder gar das Drehbuch ihres Lebens selbst zu schreiben? Sind wir festgelegt, weil wir programmiert werden mit den laufenden

Programmen und Verhaltensmustern unserer Ahnen und Ahninnen, lange bevor unser Bewusstsein auch nur fähig ist, ein laufendes „Programm" als solches zu erkennen, geschweige denn auszusteigen aus einem solchen oder gar selbst ein eigenes zu schreiben? All diese Gedanken und Fragen rasen mir durch den Sinn, schneller und immer schneller, während ich die Geschirrspülmaschine einräume, meine Tochter aus dem Hochstuhl hebe und beobachte, wie sie freudestrahlend in Augenschein nimmt, was sie heute in den Küchenschränken entdecken und erleben kann, welche Abenteuer heute auf sie warten.

Mich durchströmen zahllose Erinnerungen an Begebenheiten, die im gegenwärtigen Alltag keine Rolle spielen und leicht zu verdrängen sind und die ihn doch so sehr bestimmen und beeinflussen, weil sie mich geprägt haben. Nicht eine einzelne Begebenheit alleine, die mir in den Sinn kommt, aber alle zusammen haben sie mich geformt. Aus ihnen geht hervor, welche Verhaltensweisen und Handlungsstrategien mir zur Verfügung stehen, weil sie zu meiner Persönlichkeit gehören, und welche nicht, um zwischenmenschliche Beziehungen zu gestalten, Kontakte zu knüpfen, Probleme zu lösen, Pläne zu schmieden und in die Tat umzusetzen, mit Erfolgen und Niederlagen, Konflikten und Verletzungen, Angriffen anderer und eigener Missgeschicke umzugehen. All meine Erinnerungen, die abgespeicherte Erfahrungen und Erlebnisse sind, bestimmen, was ich tun kann, um meine Ziele zu verfolgen. Und vielleicht bestimmen sie auch viel mehr, als mir lieb ist, welche Ziele ich überhaupt verfolgen will.

Es war und ist das größte Ziel meiner Mutter, aus den laufenden Programmen auszusteigen. Immer wieder habe ich sie sagen hören: „Ich mach` nicht mehr mit!" Weinend, zeternd, schluchzend im Streit mit meinem Vater oder mit uns, ihren Töchtern, oder nach einer frustrierenden Erfahrung mit ihren Freundinnen oder mit ihren Eltern, die sie uns, meinem Vater, meiner Schwester und mir beim Essen erzählte. Am Esstisch meiner Familie spielten sich mitten im Alltag immer wieder solche Szenen ab. Meine Mutter wollte das allgegenwärtige Spiel, das permanent laufende Programm – diese ständigen Machtspielchen zwischen den Menschen – beenden, im Drama ihres Lebens selbst Regie führen oder gar selbst das Skript dafür schreiben.

Dafür hat sie gekämpft - ihr Leben lang. Für ihre Töchter, gegen den Krebs – und diesen Kampf hat sie gewonnen. Meine Mutter hat eigentlich alle Kämpfe gewonnen. Sie hat vielleicht hin und wieder eine einzelne „Schlacht", einen einzelnen Streit verloren, aber nie den „Krieg". Sie kämpft noch immer – energisch und leidenschaftlich, verbissen und verbittert, kraftvoll und entschieden. Wie ihre Mutter vor ihr und ihre Töchter nach ihr für ein besseres Leben, für ein eigenes Leben für sich selbst und ihre Töchter. Und die Wucht ihrer Schläge war und ist so stark, dass sie sich selbst und alle, die ihr nahe stehen, damit traf und trifft. Manchmal glaube ich zu spüren, dass diese zahllosen Hiebe und Attacken, die mich so hart und mit ungebrochener Wucht treffen, gar nicht für mich bestimmt sind, mich nur treffen, weil ich dem Schlachtfeld, auf dem meine Mutter den Kampf um ihr Leben ausfechtet, zu nahe stehe.

Es war und ist das größte Ziel meiner Mutter, selbstbestimmt zu sein, die Fremdbestimmtheit zu beenden, zu agieren, anstatt zu reagieren, ihre Ziele, Pläne, Träume, Wünsche und ihren eigenen Lebensentwurf nicht an die Erwartungen anderer an sie anzugleichen und an die Notwendigkeiten des Alltags anzupassen und nicht weiterhin die Erfüllung der Bedürfnisse ihrer Kinder, ihrer Eltern, ihres Ehemannes und – vielleicht nur aus Gewohnheit – auch aller anderen vertrauten Personen über ihre eigenen zu stellen. Sie hat dasselbe Ziel wie ich, und ihre Mutter hatte dasselbe Ziel schon vor ihr. Auch sie wollte ihre Lebenswunden heilen und „die ewige Sehnsucht des Lebens nach sich selbst" in sich spüren, anstatt nur hin und her geworfen zu werden von wechselnden Lebenssituationen, für die sich andere entschieden und die andere gestaltet haben.

Gehört auch das zum laufenden Programm, dass wir aussteigen wollen und es nicht schaffen; dass die Mechanismen und Strukturen des kollektiven Programms stärker sind als wir und dass das, was wir „freier Wille" nennen, gar nicht wirklich existiert? Oder gibt es Wege, Lebenswunden zu heilen, ohne sie an die nächste Generation weiter zu geben; mit Verletztheit umzugehen, ohne selbst zu verletzen; die Verhaltensmuster der Familie abzulegen und die erstarrten Strukturen aufzubrechen? Gibt es überhaupt Selbstbestimmtheit? Ist es überhaupt möglich, absolut selbstbestimmt, absolut frei zu sein – frei von Zwängen und Notwendigkeiten (und damit auch von Verantwortung für andere, zum Beispiel für schutzbedürftige Kinder) - frei von Erwartungen anderer?

Ist absolute Selbstbestimmtheit nicht die konsequenteste Umsetzung von Egozentrik, Egoismus, Ignoranz und Arroganz? Ist es nicht eine Illusion, dass es möglich ist, sich von anderen völlig frei zu machen und dabei glücklich zu sein? Sind wir nicht viel eher aufeinander angewiesen wie Herdentiere, voneinander abhängig wie die einzelnen Knoten eines Netzes, weil das, was wir der Gemeinschaft und denen, die zu ihr gehören, antun, sich immer auf uns selbst auswirkt und was wir uns selbst antun – Gutes und Schlechtes – sich immer auch auswirkt auf die Gemeinschaft, zu der wir gehören?

Als die Mutter meiner Mutter vor etwas mehr als vier Jahren am 8. September 2004 starb, legte sich einem zarten Seidentuch gleich ein sanfter, heller, glänzender und geschmeidiger Schleier der Verklärung über uns alle und wir öffneten für kurze Zeit unsere Herzen wie die Fenster des verstaubten Archivs unserer inneren Bilder und Erinnerungen, und es wehte eine frische Brise durch die erstarrten Strukturen. Für eine kurze Zeit ließen wir alle echte Verbundenheit und Nähe zu.

Die Mutter meiner Mutter und ihres Bruders war die letzte aus ihrer Generation gewesen, die uns noch geblieben war. Vater, Mutter und Stiefmutter meiner Tante waren schon lange tot, so dass unsere Oma auch für meine Cousinen die letzte gebliebene Großmutter gewesen war.

Mein Vater, ein Einzelkind, hatte seinen Vater im Alter von 16 Jahren verloren und seine Mutter hatte sich das Leben genommen, als ich zweieinhalb Jahre und meine Schwester zehn Wochen alt waren. Damals hatte sich das schwere, dunkle, alles Licht verschluckende Leichentuch des Totschweigens über viele offene Wunden gelegt und deren Heilung verhindert.

25 Jahre später folgte unsere Oma unserem Opa, der am 4. März 2004 im Alter von 90 Jahren verstorben war. Wir alle wurden berührt von diesem geheimnisvollen Schleier der Verklärung und ließen diese Berührung mehr oder weniger tief zu. Für mich war es, als würden sich die Welten berühren, das Diesseits und das Jenseits, die Zeit und die Ewigkeit - und als würde diese Berührung alle Ambivalenzen auslöschen und aus meinem Opa und meiner Oma reine Seelen, heile Wesen, Gestalten ohne Ego machen, und als sei sogar eine heilsame Begegnung mit diesen beiden nicht mehr irdischen, nicht mehr in wunde Beziehungsmuster eingewobene Ahnen möglich. Ich ließ mich durchfluten und umströmen von dieser heilsamen Empfindung im September 2004 und öffnete mein Herz, um auf meine Eltern zuzugehen, von denen ich mich gerade erst im Vorjahr innerlich so weit zurückgezogen hatte, dass die tiefe Kluft zwischen meinen Eltern und mir niemandem verborgen bleiben konnte.

Auch ein Schleier der Verklärung ist ein Schleier des Schweigens und auch des Verschweigens, aber er ist viel leichter, luftiger und lichtdurchlässiger als der schwere, dunkle Schleier des Totschweigens, des Verdrängens und des Vermeidens. Und die Berührung des Schleiers, der die Welten voneinander trennt, bewirkte, dass sich für eine kurze Zeit ein Gefühl echter Verbundenheit breit machte – beinahe so etwas wie Urvertrauen und tiefe Zuversicht, innerer Frieden und eine Art „mystische Gewissheit", ein Gefühl der „Geborgenheit im Universum" – in mir und auch zwischen mir und den anderen Familienmitgliedern. Und diese heilsame Empfindung öffnete unsere Herzen und die offenen Herzen ließen einen Hauch, einen Luftzug, eine sanfte Brise hinein und für ganz kurze Zeit wurde das Leichentuch des Totschweigens angehoben und wir sahen die alten Wunden, die uralte Wundheit und erkannten in ihr die Quelle all unserer Schmerzen und ebenso die Kraft, die wir alle aufbrachten, um diese Schmerzen auszuhalten – für kurze Zeit sahen wir alles in einem anderen Licht. In einem Licht, das nur dann unsere inneren Archive der abgespeicherten Bilder, Gedanken und Gefühle erleuchtet, wenn sich der schleierhafte Vorhang, der das Diesseits und das Jenseits voneinander trennt, einen Spalt breit öffnet.

Die alten Programme laufen noch immer. Wir verletzen uns nach wie vor an der uralten Wundheit. Das Leben tut manchmal weh. Das kann auch ich für meine Tochter nicht ändern. Die alten Programme laufen weiter, aber ich sehe sie mit neuen Augen. Und diese neue Sicht der Dinge ist eine andere Denkweise als die meiner Mutter und meiner Großmutter, die eine andere Wirklichkeit, eine andere Lebenssituation, ein anderes Grundmuster konstruieren kann. Ich kann die alten Wunden nicht einfach so schließen, aber ich kann sie lüften. Und offene Wunden heilen bekanntlich besser, wenn sie gepflegt und belüftet und nicht zugeklebt, ignoriert und vermeintlich vergessen werden.

Meine Mutter hat dafür gekämpft, dass mir ein viel höheres Maß an Bildung zuteil wurde als ihr und ihrer Mutter (und damit Zugang zu einer grundlegend anderen Denk- und Sichtweise; nicht nur intellektuelle Bildung, sondern auch Persönlichkeitsbildung und Sozialkompetenz, die weder meiner Mutter, noch meiner Großmutter so zur Verfügung stand); und sie musste sich dafür gegen die konventionellen Ansichten über angemessene Lebensentwürfe von Frauen stellen, die in ihrem persönlichen Umfeld noch immer vorherrschend waren.

Das, was ich aus den Möglichkeiten, die sich mir durch das Engagement meiner Mutter für ihre Töchter boten, gemacht habe, war und ist meinen Eltern und früher auch meinen Großeltern eine gehörige Portion zu extravagant und ihre Angst um mich – und vielleicht auch ihr Neid auf mich und meine Möglichkeiten – ließ und lässt sie immer mal wieder nach mir schlagen. Aber wenn ich alles auf das wirklich Wichtige reduziere und im Licht der Begegnung mit der Ewigkeit betrachte, dann bleibt es wahr, dass meine Mutter mir Möglichkeiten offeriert hat, die sie selbst nicht hatte. Und sie hat angefangen zu lernen, die Schmerzen auszuhalten, die es mit sich bringt, dass ich Chancen habe (und nutze), die sie nicht hatte.

Es ist mir möglich, meiner Tochter andere Wege im Umgang mit den gleichen Wunden zu zeigen, weil meine Mutter und ihre Mutter für andere Wege gekämpft haben und ahnten, dass es sie gibt.

Sophie Maj

Novemberfenster

**Eine Erzählung
von Resilienz,
Solidarität
& Frauenleben
und von den zufälligen Begegnungen,
die das Leben bereichern & verändern können**

Novemberfenster

Die Figuren in den Buntglasfenstern schienen zu weinen und ihre Gewänder bewegten sich fließend, als würden sie atmen. Regentropfen flossen außen an den großen Kirchenfenstern hinab. Die Motive aus buntem Glas bekamen dadurch eine flüchtige Lebendigkeit. Anders, als wenn Sonnenstrahlen farbiges Licht in den Kirchenraum werfen, ihn warm durchfluten und die Geschichten, die von den Fensterfiguren in den abgebildeten Szenen erzählt werden, zur Nebensache machen.

Marie betrachtete dieses Schauspiel fasziniert wie ein Kind, während ihr Bilder der Erinnerung durch den Sinn flossen und die weinenden Fenster als Kulisse nutzten. Sie nahm einen tiefen Atemzug und packte die schweren Orgelnoten und ihre Orgelschuhe mit den glatten Sohlen und den breiten Absätzen in die große, stabile Tasche, schaltete das Licht aus und warf einen prüfenden Blick zurück.

Als sie die alte, knarrende Holztür der Orgelempore öffnete, traf sie die nasse Kälte mit ungeahnter Wucht, die sie auf der Türschwelle innehalten ließ. Marie hatte es heute nicht eilig und verweilte deshalb noch ein wenig auf der obersten Stufe der überdachten steinernen Außentreppe, die zur Orgelempore führte. Von hier aus ließ Marie ihren Blick über den Friedhof schweifen, in dessen Mitte die kleine alte Kirche stand.

Morgen ist Ewigkeitssonntag. Totensonntag, dachte Marie. Sie würde im Gottesdienst Orgel spielen, um mit Tönen und Klängen das Gedenken der Hinterbliebenen an ihre Verstorbenen zu begleiten. Alle Namen derer, die aus der Gemeinde seit dem letzten Ewigkeitssonntag verstorben waren, würden vorgelesen werden und für jeden genannten Namen, für jeden verstorbenen Menschen würde eine brennende Kerze auf den Altar gestellt werden. Es würden Tränen fließen und der Schmerz des Verlustes würde eins werden mit der Atemluft.

Jenseits der Friedhofsmauern rollten Autos und Lastwagen auf der städtischen Hauptverkehrsstraße vorbei. Bald ist Advent, dachte Marie und betrachtete die Sterne aus Tannengrün und Lichterketten, die bereits an die Laternen am Straßenrand gehängt worden waren. Diese verrückte Zeit der zahllosen Gegensätze, die diese vier Wochen alle Jahre wieder so unglaublich dicht werden ließen. So vollgestopft mit Terminen und Erwartungen, mit Musik, Gebäck, Gerüchen, Geschichten, Gedichten, Geschenken, Klängen, Farben, Lichtern, Liedern und mit Besorgungslisten, notwendigen Erledigungen zum Jahresende hin, Weihnachtsmärkten und Weihnachtsfeiern, Konzerten und Andachten, Jahresrückblicken auf Nachrichten aus aller Welt von großer Tragweite; hin und wieder Begegnungen mit Menschen, die mit Einsamkeit und schweren Schicksalsschlägen haderten, die das Licht der Adventskerzen nicht zu mildern wusste.

Aber morgen ist erst einmal Ewigkeitssonntag, dachte Marie. Dieser traurigschöne Tag mit seiner leise leuchtenden Kraft, die sich im normalen

Alltagsgeschehen kaum merklich offenbarte und deshalb manchen Menschen lange verborgen blieb, bis sie jäh und plötzlich von zuweilen roh wirkenden Kräften gezwungen wurden, der Ewigkeit zu begegnen. Wenn man hier oben stand, wirkte das pulsierende Leben der Stadt wie ein sinnloses Gehetze. Die Hektik des Alltags, die Eile von einem Termin zum anderen wirkte so unsinnig vor der Kulisse der Gräber. Die stille Ruhe, die von der Kirche ausging und in ihrem Inneren regelrecht greifbar war, wirkte viel echter und wirklicher als das alltägliche Hasten, dem Marie außerhalb dieser Mauern genauso ausgesetzt war wie alle, die sie von hier aus beobachten konnte, und alle, denen sie alltäglich begegnete.

Von außen betrachtet war es umgekehrt. Wenn man im Auto oder im Linienbus sitzend, mit dem Fahrrad oder zu Fuß an der Kirche und am Friedhof nur vorbei kam auf dem Weg von Irgendwo nach Irgendwo anders, dann wirkte die kleine alte Kirche inmitten der Grabsteine - falls man sie überhaupt bewusst wahrnahm - wie ein Fremdkörper, der an etwas erinnert, das in der Schnelligkeit des Alltags gerade nicht passt, sondern bis auf Weiteres verschoben werden muss. Zwischen dieser und jener Welt gab es ein rahmenloses Fenster, eine Art Kraftfeld, das die Welten voneinander trennt und das im November zu einem silbergrau fließenden Vorhang wurde, der zwischen Ewigkeit und Zeit wehte und zuweilen schemenhaft die eine Seite der anderen enthüllte.

Als Marie durch das Friedhofstor trat, hatte der

Alltag sie wieder. Der Lärm und die Eile der Straße traf sie wuchtiger als zuvor das kalte Novembernass auf der Kirchentürschwelle.

Die Mutter des Kindes, mit dem ihre Tochter den ganzen Nachmittag gespielt hatte, bat sie, noch hinein zu kommen und bot einen Tee an. Marie hörte der anderen Mutter zu, erwiderte, fragte, antwortete, erzählte, nickte, lächelte, lachte im Gespräch mit der anderen Frau über Alltägliches.

Alltag. Grauer Alltag voller bunter Farben, chaotisch und strukturiert, voller Rituale, voller Überraschungen, immer gleich, täglich neu, immer anders, eintönig, vielfarbig, turbulent, langweilig, manchmal zu viel, meistens zu anstrengend, trotzdem zugleich unterfordernd, oft unbefriedigend - unendlich viel Gesprächsstoff für Mütter, die berufstätig sind oder nicht, die studiert haben oder nicht, die eine abgeschlossene Berufsausbildung haben oder nicht, die allein-erziehend sind oder nicht, verheiratet oder geschieden, voller Liebe oder voller Frust, gelassen oder gestresst, fröhlich oder verbittert ...

Die andere Frau erzählte von ihrem Alltag, von ihren unerledigten Aufgaben, die sich vor ihr auftürmten, von ungelebten Träumen und Ideen, was sie noch alles machen könnte, wenn sie denn Zeit, Kraft und Muße dafür hätte, von ihrem Familienleben und ihren Beziehungsproblemen. Marie kannte sie noch nicht sehr lange und noch nicht sehr gut, aber dennoch waren sie schnell in einem sehr persönlichen Gespräch. Marie hatte ihren Beruf und ihren Familienalltag unter einen Hut zu bringen, wie ihre Gesprächspartnerin auch.

Darüber konnte man im Alltag miteinander reden und auch darüber, wie man zu den Aufgaben, denen man sich täglich beruflich, ehrenamtlich oder privat widmete, gekommen war: Marie hatte sich nicht bewusst für Kirchenmusik entschieden. Es war eine zufällige Begegnung gewesen, die ihr Leben verändert hatte - vor einigen Jahren. Sie hatte einspringen sollen für einen erkrankten Organisten; sehr kurzfristig.

Einige Monate zuvor war sie gefragt worden, ob sie die Leitung des Kirchenchores übernehmen wollte. Eine Frau aus diesem Chor, die sie gar nicht so lange und gar nicht so intensiv gekannt hatte, hatte sie als neue Leitung vorgeschlagen. Zugleich war eine Organistin gesucht worden, aber Marie wollte nicht. Sie arbeitete als freiberufliche Musiktherapeutin in eigener Praxis und hatte kein Interesse daran, Kirchenmusikerin zu werden. Ein halbes Jahr später war sie nur kurzfristig eingesprungen für den erkrankten Organisten. Sechs Monate lang war die Stelle frei geblieben und Sonntag für Sonntag musste jemand anderes die offene Stelle vertretungsweise ausfüllen.

Eine dieser alltäglichen Begegnungen, die so ungeplant stattfinden wie diese Begegnung von zwei Müttern bei einer Tasse Tee, weil sich die Kinder in der Schule zum Spielen verabredet haben, hatte dazu geführt, dass jemand geglaubt hatte, sie könnte die Richtige sein für die Leitung des Chors, für das sonntägliche Orgelspiel, für die Aufgabe und Herausforderung, die Kirchenmusik genannt wird.

Kinderstimmen aus dem Nebenraum rissen Marie und die andere Mutter aus ihrem Gespräch. Der Dauerregen trommelte seinen nassen Rhythmus an die Küchenfenster, die zu Spiegeln des beleuchteten Heims wurden und alles Außen im Dunkel jenseits der Fensterscheiben verbargen.

Sophie Maj

Gedichte
& Aphorismen

Die Nacht ist kühl im Silberlicht
umhüllt von zartem Schlummer.
Zu Schimmerschein wird Sonnenlicht.
Und lindert Leid und Kummer.

Sophie Maj

Sophie Maj
Was der Wind sät
Lied & Gedicht

Was der Wind sät

(Lied & Gedicht von Sophie Maj)

Was der Wind sät,
lässt die Sonne keimen.
Und der Regen lässt es wachsen.
Und die Erde hält es fest.

Und der Wind macht es stärker.
Und die Sonne lässt es blühen.
Und der Regen lässt es wachsen und gedeihen.
Und die Erde gibt ihm Halt und Beständigkeit.

Und der Wind lehrt es,
biegsam und geschmeidig sein.
Und die Sonne lässt es reifen und verblühen.
Und der Regen lässt es
Früchte für die Ernte tragen.
Und die Erde gibt ihm Raum und Lebenszeit.

Was der Wind sät,
gehört der Ewigkeit.
Und der Wind trägt es
durch den Kreis der Zeit.

Was der Wind sät
in der reifen Zeit,
trägt die Erde
in Zeit und Ewigkeit.

Sophie Maj

Der Schmerz dieser Welt ist groß. Aber wenn wir uns zusammentun, dann sind WIR größer.

Aphorismus

34

Sophie Maj
Man gewinnt einen Kampf nur, wenn man keinen Krieg führt.
Aphorismus